Gafitas

Carmen Vázquez-Vigo

ediciones  Joaquín Turina 39   28044 Madrid

Colección dirigida por **Marinella Terzi**

Primera edición: abril 1994
Segunda edición: septiembre 1995

Ilustraciones: *Sofía Balzola*

© Carmen Vázquez Vigo, 1994
© Ediciones SM
   Joaquín Turina, 39 - 28044 Madrid

Comercializa: CESMA, SA - Aguacate, 43 - 28044 Madrid

ISBN: 84-348-4315-3
Depósito legal: M-30016-1995
Fotocomposición: Grafilia, SL
Impreso en España/Printed in Spain
Orymu, SA - Ruiz de Alda, 1 - Pinto (Madrid)

Para Álvaro,
mi Gafitas preferido

1 Día de suerte

ME llamo Miguel y, antes de que pasara lo
que pasó, era como se ve en el dibujo.

Lo he hecho yo. Me gusta mucho pintar
y se me da bastante bien. Si quisiera, podría
ponerme una cara más guapa; pero sería
una mentira, porque guapo no soy,
aunque mamá diga que sí.
Las madres, ya se sabe.

Antonio, el profesor,
cuando hay que hacer
un dibujo especial, siempre
me lo encarga a mí.

Es simpático, Antonio. También es alto. Más que papá. Yo, antes de conocer al profe, creía que no podía haber nadie más alto que papá. Pero resulta que sí.

Antonio va siempre con un libro debajo del brazo y usa gafas cuadradas y negras. Dicen que hace versos.

Un día me dio una hoja de papel gruesa y dijo:

—Pinta algo aquí, Miguel. Después firmaremos todos. Es para regalársela a la directora el día de su santo.

—¿Y qué pinto? —pregunté, preocupado. Se comprende, ¿no? Era un encargo muy importante.

—Lo que te parezca. Un paisaje, unas flores, un perro... Ella tiene uno.

Yo lo sabía. A veces, doña Elvira lo trae al colegio. Sin embargo, me vino a la cabeza una idea mejor.

—¿Y qué tal si hago un retrato de Paquito?

Paquito es el delantero centro del club del barrio. El domingo anterior había metido cuatro goles él solo.

Antonio movió la cabeza de un lado para otro mientras frotaba los cristales de sus gafas con un trapito amarillo que había sacado de la funda.

—No sé... No creo que a la directora le impresionen mucho los goles de Paquito.

El profe, a veces, también se equivoca. Pero no dije nada y empecé a dibujar el perro.

Me di cuenta de que me estaba saliendo igual que *Adán,* el mío. Es grande, fuerte y simpático; no como el de doña Elvira, que es pequeño, feo y odioso.

Le ha puesto de nombre *Caruso* porque así se llamaba un cantante de la antigüedad y a ella le chifla la ópera. Igual que a mi abuelo: se tira horas escuchando esa música. No sé por qué.

Aquel día tuve suerte. *Caruso* estaba en el colegio. Nos enteramos porque oímos sus ladridos en la clase de al lado y, después, los gritos de un chaval furioso.

—¡Se está comiendo mi bocadillo! ¡Hoy era de jamón serrano! ¡Y mi madre me pone jamón serrano sólo cada quince días!

También chillaba, más fuerte, la señorita Ana. Parecía que le iba a dar un ataque.

—¡Saquen a este perro de aquí, que soy alérgica al pelo de los animales!

Antonio nos explicó más tarde qué es eso: una enfermedad que a algunas personas les hace salir ronchas coloradas, estornudar y llorar. A veces hasta por comer fresas o chocolate, con lo ricos que están. El mundo está lleno de misterios.

Poco después, *Caruso* apareció en nuestra clase, relamiéndose. Pensé que, además del bocadillo de jamón, se había zampado los dulces de Olga, la gordita. Siempre lleva porque su padre tiene una pastelería.

El perro se paró junto a mi cartera y se puso a olerla a fondo. Seguro que buscaba otra golosina, pero iba aviado.

Yo me había comido mis tres magdalenas antes de entrar a clase, porque ese día me dormí y no tuve tiempo para desayunar en casa.

Aproveché para fijarme en todos los detalles del morro de *Caruso*, que era lo más difícil de dibujar.

Antonio me miraba muy serio.

—¿Por qué pegas tanto la cara al papel? —me preguntó.

—Porque así veo mejor —le contesté borrando el bigote del perro, que me había salido algo chungo.

Mientras *Caruso* seguía oliendo carteras, yo saqué de la mía la caja de acuarelas que me regaló mi abuelo a principio de curso.

Todavía estaba sin estrenar y era fantástica.

Digo «era» porque, como pasó lo que pasó, ya no la tengo. Pero entonces sí la tenía: grande, con cincuenta colores diferentes, seis pinceles, del más gordo al más finito, y la cara de un señor con barba y bigote pintada en la tapa. Según el abuelo, es un pintor que se llama Velázquez, como la calle. Y si él lo dice...

Pedí permiso a Antonio para ir a buscar agua al lavabo. Me dijo que sí, que fuera, y enseguida oí la voz de Marta ofreciéndose para ayudar.

Se me aflojaron las rodillas.

Marta es la chica más guapa de la clase.

Una vez le hice un retrato. No se lo enseñé a nadie, ni siquiera a ella.

La puse con los ojos grandotes, verdes, y montones de pestañas alrededor. Una nariz pequeñita, con pecas como granos de arena; y el pelo, largo, color girasol.

No me hacía ni pizca de caso. A los demás chicos, tampoco. Sólo miraba a Antonio con la boca abierta, cuando él leía una poesía. Y al final le preguntaba:

—¿La has hecho tú?

Por eso me sorprendió tanto que quisiera ayudarme.

En el lavabo siempre hay un vaso con un platito debajo. Marta llenó de agua el vaso, y yo, el platito. Hasta el borde.

Es difícil andar con un plato lleno de agua hasta el borde sin que se caiga una gota. Y más todavía si el que lo lleva está tan nervioso como estaba yo.

No se me cayó una gota: se me cayó toda el agua a medio camino de la clase.

Tuvimos que hacer cinco viajes, ida y vuelta, hasta conseguir que el dichoso plato llegara a mi mesa, si no lleno, al menos con algo dentro.

En uno de esos viajes, Marta me dijo:

—Si quieres, el domingo puedes venir al cine conmigo.

—¿De veras? —contesté con una voz que parecía la de un grillo con anginas.

—Sí... ¡Ah, oye! Tu caja de acuarelas es la más súper que he visto nunca.

—¿De veras? —volví a decir, porque no me salía nada diferente.

Ella sonrió y sus ojos echaron chispitas verdes.

—Entonces, quedamos en la puerta del California, a las cuatro y media.

Estuve a punto de decir otra vez «¿de veras?», pero me quedé callado, pensando en la suerte que tenía.

Suerte por lo del perro, por la invitación de Marta y por haber llegado, finalmente, a la clase. El lavabo olía fatal.

2 Ciencia ficción

ME di tanta prisa por miedo de llegar tarde al cine que llegué media hora antes.

Envuelta en un papel con dibujos de Papá Noel que me sobró de los regalos de Navidad, llevaba la caja de acuarelas.

Había decidido dársela a Marta. ¿Qué menos, después de lo bien que se había portado conmigo?

Me hubiera gustado esconderla, pero, como era tan grande, no cabía en ningún bolsillo. Tenía que llevarla en la mano. Una lata.

Me la puse a la espalda mientras miraba los carteles. Ponían una película que había visto anunciada en el periódico que lee papá.

Era de ciencia ficción. Se notaba enseguida porque la gente que salía era muy distinta a nosotros. Seguramente en los demás planetas se usan otros modelos de ojos, narices, cuerpos, etcétera, etcétera.

Esto de «etcétera, etcétera», que nos ha enseñado Antonio, resulta muy práctico.

Cuando no sabes decir nada más, dices «etcétera, etcétera» y quedas estupendamente. Claro que no siempre. Por ejemplo, si vas a contar el cuento de Pulgarcito, no vale decir que era muy pequeño, etcétera, etcétera. En casos así, hay que añadir algo más.

En los carteles había unos tipos con un solo ojo redondo en medio de la frente, bajo dos cejas pegadas y peludas. Pensé que yo conocía a alguien con unas cejas iguales a ésas, pero entonces no caí.

Iban vestidos de negro, con corazas y botas llenas de pinchos, y se veía a la legua que eran los malos.

Los buenos llevaban uniformes relucientes y blancos. Mamá hubiera dicho «qué ocurrencia ir de viaje con un color tan delicado».

En la cabeza, cascos altos puntiagudos,

terminados en un molinete. No tan grande como el ventilador de la farmacia de la esquina, pero bastante parecido. Me pregunté para qué serviría.

Tenían dos ojos en vez de uno, como debe ser. Esto más bien había que imaginárselo. Apenas se les veían por la estrecha rendija que atravesaba sus grandes gafas de lado a lado.

Un poco antes de las cuatro y media llegó Marta. No venía sola. La acompañaba su primo Luis.

Va al mismo colegio que nosotros, pero a otra clase porque tiene dos años más.

Es el capitán del equipo de fútbol. Una vez le dije que me dejara jugar, que corro tanto como cualquiera. Y me contestó:

—No, que cuando tú te enteras de dónde está el balón, ya se ha terminado el partido.

Me lo quedé mirando: era Luis el que tenía las cejas pegadas y peludas como los malos de la película.

Marta compró palomitas de maíz en un puesto que hay a la puerta del cine. Se las dieron en un cubo de cartón grandísimo, a rayas blancas y rojas.

Después resultó que el dinero no les llegaba para pagar las entradas y tuve que ponerlo yo.

Entonces ella se fijó en el paquete. Me dio rabia porque, en vista de lo que estaba pasando, hubiera preferido no llevarlo.

—¿Qué es eso?

Sabía lo que iba a suceder si contestaba.

—¿Eh? ¿Qué llevas ahí? —insistió.

Contesté, qué remedio:

—Nada..., yo..., bueno..., es...

Me salió voz de grillo acatarrado.

No sé si adivinó o se lo esperaba.

—¡La caja de acuarelas!

La cogió por las buenas y, al ver el papel con las figuritas de Papá Noel, preguntó escamada:

—No serán frutas escarchadas, ¿no?

Esta vez no contesté. No quería que me saliera esa horrible voz de nuevo.

Tampoco hizo falta. Marta desenvolvió el paquete y sonrió satisfecha.

Como para darme las gracias, me puso en la mano un puñado de palomitas.

Bueno, decir «puñado» puede causar confusiones. Eran tres palomitas. Tres.

Entramos en el cine y buscamos sitio para sentarnos. Ellos se quedaron en una fila del centro. Yo les dije que se vinieran conmigo más adelante, que se ve mejor; pero Luis se hizo el gracioso.

—No, que si se pierde un leñazo en la pantalla, te lo tragas tú el primero.

La tarde estaba siendo un fracaso.

Se apagó la luz y empezó la película. Las palomitas se terminaron junto con los títulos. Y eso que me las comí lo más despacio que pude. Por mucho que hiciera, tres no dan para más.

Me parecía oír, en las filas de atrás, a Marta y Luis masticando hasta ponerse morados. Y también riéndose a carcajadas. De mí, seguramente, porque la película no era de risa. Más bien era de miedo.

Poco a poco me fue llamando la atención.

Los malos decidían apoderarse de una ciudad donde se guardaban grandes depósitos de oro.

Llegaban montados en sus naves espacia-

les que también eran especiales, porque tenían forma de cucaracha y muchos agujeros
por donde salían chorros de algo parecido a
ceniza.

Ese polvo, al caer sobre los desgraciados
habitantes de la ciudad, los dejaba medio estúpidos y no podían gritar ni defenderse.

Entonces aparecían los buenos, que eran
mucho más listos y más simpáticos, dónde
va a parar, y gritaban:

—¡Atrás, cobardes! ¡Volved a vuestro su-
cio planeta!

—Sí, ¡en eso estamos pensando! —contestaban los malos con mucha guasa.

Por cierto: hablaban en español. No sé
cómo lo habrían aprendido, a menos que
haya academias de idiomas en el espacio.

El jefe de los buenos se llamaba Kerim y
tenía pinta de campeón olímpico. Era tan
alto y tan ancho como el armario que compró mi abuela para su boda, hará unos cien
o doscientos años.

Era el único que llevaba un penacho de
plumas blancas y rizadas por encima del molinete del casco. Seguramente, para que se
viera que era el jefe.

Pues Kerim va y se planta frente al jefe malo, que se llama Nartuk, y le dice:

—¿A que no te atreves a luchar conmigo?

—¿A que sí? —dice Nartuk con el único ojo echando humo.

Y con «a que sí», «a que no», «a que sí», «a que no», acaban liándose a empujones y puñetazos, como si en vez de ser extraterrestres fueran los muchachos de mi barrio al final de un partido de Liga.

Pero lo que hacen después no lo hubieran podido hacer los de mi barrio.

Nartuk levanta el brazo y apunta a Kerim con una pistola de cuatro cañones. Aprieta el gatillo y salen cuatro balas a la vez. Una de cada color. Seguramente, para que haga más bonito en la película.

Las cuatro balas van por el aire derechas a Kerim. Di un salto en la butaca, creyendo que le iban a hacer cuatro agujeros en el fantástico uniforme; pero él las para en seco, lanzando un rayo amarillo por la rendija de sus gafas. Al mismo tiempo, unas lucecitas que las gafas tienen alrededor se encienden

28

y se apagan. Como en los árboles de Navidad, pero mucho más impresionante.

Lo mejor de todo es que las cuatro balas dan media vuelta y empiezan a perseguir a Nartuk.

Yo estaba deseando que lo alcanzaran para que aprendiera lo que es bueno, pero sus secuaces, que tampoco son mancos, lo defienden formando una barrera entre él y Kerim.

Así, Nartuk consigue meterse en su nave espacial-especial y grita asomándose por la ventanilla:

—¡No creas que me has vencido, Kerim! ¡Volveréééééé...!

Kerim, que no tiene miedo de la amenaza ni de nada, se le ríe en sus propias narices enseñando unos dientes tan blancos y relucientes como su traje.

Enseguida manda el rayo amarillo sobre los malos que se han quedado en tierra, dejándolos sin poder mover ni una pestaña. Parecen muertos, pero sólo están tiesos. Porque, como dice después a los suyos:

—¡No mates si no quieres ser matado! Porque el que mata con un hierro, más tarde se encuentra otro hierro que le da en la cabeza.

No estoy muy seguro de que dijera exactamente esto o si lo he oído en otra parte, pero era algo por el estilo.

Lo que recuerdo muy bien es cómo lo dijo, con una voz que daba gusto oír. Igual que un instrumento de música. Ojalá la tuviera yo así, en vez de esa que me sale en el momento más inoportuno.

Después, los buenos ponen en marcha los molinillos que llevan en la punta del casco, dan una patadita en el suelo y salen volando por el aire igual que un cohete. Por eso no necesitan nave ni platillo ni nada.

Así llegan hasta donde están los habitantes de la ciudad, les echan encima el rayo amarillo que, según se ve, sirve para todo, y ellos dejan de andar por ahí como estúpidos y se vuelven igual que antes. Es decir, unos listos y otros estúpidos, que es lo que pasa en la vida misma.

La película termina con la carcajada amenazadora de Nartuk, la música sonando más fuerte y Kerim dándole un beso a una chica de blanco que se me olvidó decir que era su novia. Pero esta parte de amores es la más aburrida.

También pasan otras cosas, aunque las principales son las que he contado.

Se encendió la luz y fui al lugar donde se habían sentado Marta y su primo.

Ellos ya no estaban, pero en el suelo vi el cubo de cartón a rayas blancas y rojas. Sólo el cubo. Palomitas no quedaba ni una.

3 Fiesta de cumpleaños

AL día siguiente, en el patio del colegio, me encontré con Olga, la hija del pastelero.

—Hola —dijo.

Yo no tenía ganas de conversación. Le contesté con un gesto de cabeza, que podía significar cualquier cosa.

Ella no se desanimó.

—Marta me ha invitado a su fiesta de cumpleaños. Es el sábado. ¿No te ha invitado a ti?

No, no me había invitado. ¿Sería capaz de hacerme esa faena después de que yo le había regalado las acuarelas con los pinceles, el señor Velázquez y todo?

No se lo quise confesar a Olga y moví la cabeza de la misma misteriosa manera.

—Habrá gorros y payasos —dijo, sacando de la cartera una tableta de chocolate con almendras.

La desenvolvió con calma, partió un trozo y me lo dio. Es simpática, Olga.

Después cortó otro trozo mayor y se lo metió en la boca. Por eso no se le entendía muy bien cuando dijo:

—Yo sí que te invitaré a mi cumpleaños. Pero no es hasta febrero.

Y estábamos en octubre.

De todos modos le di las gracias. Por eso y porque me dio tres tabletas de chocolate sin empezar que llevaba también en la cartera. Sí, es muy simpática.

A lo lejos, en medio de un grupo, estaba Marta. Me acerqué haciéndome el distraído. Hablaban de la fiesta.

Al verme, ella dijo con poco interés:

—Si quieres venir...

—¿Adónde?

—A mi cumpleaños.

Contesté como si el asunto me dejara completamente frío.

—No puedo. El sábado voy al circo.

Luis, que también estaba ahí, dijo:

—¿A qué circo?

—A... a... a uno que... han puesto en...

Tartamudeé porque me lo estaba inventando y porque el primo de Marta me caía gordísimo.

—En ninguna parte —dijo él—. No habrá circo hasta el verano. Lo ha dicho mi padre, y él lo sabe todo porque es periodista.

Miró a su alrededor para ver qué efecto hacía la noticia. Luego, agregó:

—A menos que pongan un circo para ti solo.

Me hubiera gustado tener el rayo amarillo de Kerim para dejarlo tieso.

Marta se echó a reír, y en ese momento decidí no ir a su fiesta aunque me muriera de ganas.

Fui.

Y le llevé un regalo que me costó quinientas pesetas. Todo lo que tenía en la hucha después de ahorrar media vida.

Mamá me da un duro cada vez que bajo la basura y papá me da dos cada vez que le voy a comprar cigarrillos y no se lo digo a mamá. Creo que el trabajo de los niños está muy mal pagado.

El regalo era un anillo de oro del bueno. Lo vi en la mercería donde mamá me mandó a comprar un carrete de hilo negro del cincuenta.

La señora que atiende me preguntó:

—¿Es para tu novia?

Hubiera salido corriendo sin comprar nada; pero dije, con la voz que ya se sabe:

—No, es para mi abuela. Le gustan mucho las joyitas.

—Un nieto así quisiera yo tener —dijo ella suspirando.

Envolvió el anillo en un papel de seda color rosa, bastante cursi. Además, me regaló un cromo de *Animales salvajes:* la hiena, ese bicho que parece hecho de retales.

Ya lo tenía, pero no se lo quise decir.

En casa de Marta todos llevaban gorro: de marinero, de turco, de bombero, etcétera, etcétera.

A mi me dio una corona de rey, y eso que todavía no había visto el regalo.

Cuando lo desenvolvió, me miró con ojos

grandotes y me dio un beso. Estaba muy guapa, con una diadema de florecitas azules como su vestido.

Luego dijo en voz alta que nos sentáramos en el suelo dejando un redondel en medio, porque iban a salir los payasos.

Los payasos eran sólo uno. Y yo lo había visto en alguna parte.

No era muy alto. Tenía la cara pintada de blanco y la boca de negro. Llevaba una peluca de lana roja con un flequillo que se le metía en los ojos, una nariz postiza del mismo color, una chaqueta a cuadros que le llegaba hasta los pies y zapatos como barcas.

Los chicos se reían cada vez que tropezaba con sus zapatones o contaba un chiste.

Yo, no. No me hacía gracia y, además, no dejaba de pensar dónde lo había visto antes.

De repente, el payaso soltó un grito de mentira, se llevó las manos a la coronilla porque le iba saliendo un chichón grandísimo, y la peluca se le fue un poco para atrás. Lo suficiente para que ya no le tapara unas cejas pegadas y peludas como las del malo de la película. Como las de Luis, el primo de Marta.

Saludó para que le aplaudieran el número del chichón y dijo:

—Ahora vamos a jugar al Detective y el Criminal. Uno, que es el detective, se va a la cocina para que no oiga nada. Aquí elegimos a otro, que es el criminal. El que ha salido vuelve y tiene que descubrir al otro, haciendo preguntas. Los demás contestan, pero sin dar demasiadas pistas porque, si no, no tiene gracia.

—¡Me pido el criminal! —gritó Olga levantando la mano.

—¿Pero no ves que no se puede saber, tonta? —dijo Marta. Y me fastidió que llamara tonta a Olga.

—Primero hay que decidir quién sale para ser el detective —dijo Luis mandando mucho—. Que salga Miguel.

Quise protestar, pero todos aplaudieron y tuve que aguantarme.

En la cocina había bandejas con restos de bocadillos, pasteles, tartas, etcétera, etcétera.

Los nervios siempre me dan ganas de comer, así que me inflé. Al rato, me llamaron. Fui haciendo preguntas a voleo. Me contestaban cosas tan embrolladas que no tenía ni idea. El único que me parecía un criminal era Luis. Y lo dije.

—¿Yo? ¡No! —contestó—. Yo no tomo parte en el juego. ¿No ves que soy el maestro de ceremonias?

Así mismo lo dijo. Maestro de ceremonias. ¡Será fantasma!

El caso es que, como no acerté, me hicieron pagar prendas. Tenía que dar una vuelta entera al salón saltando con un solo pie y cantando al mismo tiempo «eres alta y delgada como tu madre». Esto de la canción se le ocurrió a Luis.

El salón era grande. A la mitad de la vuelta, con todo lo que había comido, los saltos y el esfuerzo que hacía para acordarme de la letra, me faltaba el aire. Para colmo, no vi una mesita que tenía encima un florero de cristal con claveles. La mesa se cayó. El florero se rompió. Los claveles se perjudicaron. Y yo me quedé despatarrado encima de todo eso.

Los del público se echaron a reír. Marta, la que más. Al oír el ruido, apareció su madre y le dijo:

—Mejor harías en ir a buscar una bayeta —y mientras recogía del suelo los pedazos de cristal, añadió—: No está bien reírse de alguien que ha tenido un accidente.

El anillo de oro se lo tenía que haber regalado a ella.

4 Visita nocturna

Sɪ llego a saber lo que iba a pasar aquel día, no me levanto de la cama.

Primer desastre: vomito el desayuno porque estaba empachado desde la fiesta.

Segundo desastre: Marta me dice que el anillo le pone el dedo verde.

Tercer desastre: me llevan al oculista.

Yo no soy aficionado a los médicos ni a las enfermedades. Hay gente que sí. Por ejemplo, Aurora, la vecina. Siempre que viene de visita, se pone a hablar de hígados, de riñones y de otros menudillos igual de repugnantes.

Y Manuel, el portero, se queja de que el doctor Tal no le da medicinas, y en cambio el doctor Cual, que es el bueno, le da muchas.

Cuando oigo
estas conversaciones,
me quito de en medio
lo más pronto posible.
Mamá también, aunque lo hace más fina-
mente que yo.

Me dan pena los médicos. Ellos no pueden

48

decir que tienen que hacer los deberes o sacar el asado del horno si les caen unos pelmas como Manuel o Aurora.

Mamá me llevó al oculista. En la puerta de la consulta pone OFTALMÓLOGO, pero ella me explicó que quiere decir lo mismo.

Me gustó porque no es uno de esos médicos que te pinchan o te aplastan la lengua con una cuchara. Sólo me miró los ojos con unos aparatos que también podrían ser extraterrestres y me hizo leer unas letras pintadas en un cartel.

Luego dijo que necesitaba gafas.

Al ver la cara que puse, sonrió.

—Yo también las llevo. No pasa nada.

Claro, a él no le pasa nada, pero a mí...

Me acordaba de un chaval que vino a clase con gafas cuando estábamos en segundo. Los chicos se metían con él gritando:

—¡Gafitas! ¡Gafitas! ¡Gafitas!

Y él se tenía que pegar para que lo dejaran en paz.

No me podía quitar el asunto de la cabeza. Por la noche llevé a mi cuarto el periódico donde venía anunciada la película que había visto en el California. Me quedé mirando la foto grande, aquella en que estaban el bueno y el malo frente a frente. Cogí un lápiz y, casi sin darme cuenta, me puse a pintarle a Nartuk unas gafas iguales a las de Kerim.

En la otra mano tenía una de las tabletas de chocolate que me había dado Olga. De vez en cuando, para animarme un poco, le daba un mordisco.

Mi perro, que también quería darse ánimos de esa manera, me rascó el brazo con la pata.

—Estáte quieto, Adán —le dije.

Pero él, erre que erre. Mejor dicho, rasca que rasca. Le tuve que dar un trocito.

—No te voy a dar más. Vete a dormir.

Comprendió que lo decía en serio y se hizo una rosca en la alfombrilla donde duerme siempre.

Cuando terminé de dibujar, a Nartuk ya no se le veían las cejas peludas ni el único ojo redondo. Quedó casi tan guapo como Kerim.

Luego me lavé los dientes, me acosté y apagué la luz. Me entraron tentaciones de acabar en la cama la tableta de chocolate;

pero recordando que todavía estaba algo empachado, la dejé sobre la mesilla.

Al rato me pareció que alguien se movía por el cuarto.

—Estáte quieto, Adán —dije medio dormido.

Poco después volví a tener la misma impresión.

—¡Adán, no enredes!

Abrí los ojos para ver qué estaba haciendo el maldito chucho.

A la luz de la luna, que entraba por la ventana abierta, lo vi durmiendo tranquilamente. Ni siquiera había cambiado de postura.

Lo que más me chocaba es que yo pudiera estar oyendo algo que él no oyera. Adán tiene un oído de aúpa, como todos los perros. A menos que sean sordos, claro.

Pero no estaba equivocado. Una silueta blanquísima andaba entre la mesa y la cama. Andaba o flotaba, no sé. Lo que sí sé, porque cosas así no se ven todos los días, es que llevaba en la cabeza un casco con un molinete en la punta y un penacho de plumas blancas y rizadas.

¡No podía ser nadie más que Kerim! ¡ERA KERIM!

Me entró una alegría bárbara. ¡Venía a visitarme! ¡Quería ser mi amigo! A lo mejor me regalaba unas gafas como las suyas, capaces de fulminar con un rayo al enemigo. Por ejemplo, a Luis.

A punto de tirarme de la cama para ir a darle la mano, algo me extrañó.

Seguía siendo alto

y ancho, igual que en la película, pero de perfil casi no se veía. Le faltaba espesor, como a las figuras de los recortables.

Dejando aparte ese detalle, tenía que darle la bienvenida. No me dio tiempo.

—¡Borra eso enseguida!

Lo dijo enfadado, aunque sin gritar. Menos mal, porque si mis padres lo llegan a oír, lo mismo se creen que es un ladrón y llaman a la policía.

—¿Qué quieres que borre? —le pregunté, pensando que no eran maneras de empezar una conversación entre amigos.

—Las gafas que le has puesto a Nartuk.

—¿Qué tiene de malo? Me gusta dibujar. Y por pasar el rato...

—¿Pero no comprendes el peligro que supone entregar ese omnímodo poder a las fuerzas tenebrosas del mal?

—Sé lo que quiere decir «omnímodo» —anuncié muy contento—: animal que come de todo. Nos lo ha dicho el profe.

—No, eso es «omnívoro». Omnímodo quiere decir que es un poder muy grande, grandísimo, el no va más.

54

—¡Ah! ¿Y qué poder es ése?

Como era tan finito, el viento que entraba por la ventana hacía ondear las plumas que adornaban su casco y su cuerpo entero.

Contestó, sujetándose a la mesilla:

—El que está, justamente, en las gafas.

—No comprendo ni torta —dije, porque no comprendía ni torta.

—Gracias a ellas soy un adalid heroico.

—¿Un qué?

—Un guerrero invicto y temerario.

«Adalid», «invicto»... Tenía que preguntarle a Antonio el significado de esas palabras, aunque Kerim acabó aclarándome:

—El que siempre gana, vamos.

—¡Ah!

—Pero cualquiera que las tenga sería también invencible. ¿Comprendes ahora?

—Sí —contesté, empezando a asustarme—. Y si Nartuk tiene unas gafas iguales...

—... Usará ese poder para que triunfen las fuerzas tenebrosas del mal.

¡Qué bien hablaba Kerim! Me hubiera estado horas escuchando esa voz que parecía el órgano de la iglesia.

Una ráfaga de viento más fuerte estuvo a punto de llevárselo en volandas.

—¡Cierra, niño, que me va a dar un pasmo!

—Me llamo Miguel —dije, cerrando la ventana.

Mientras tanto, él había cogido la tableta de chocolate y la olía prudentemente. Preguntó:

—¿Qué es esto?

—¿No lo sabes?

—No.

—¿No hay chocolate en tu planeta?

—No.

Me dio una pena tremenda.

—¿Ni helados, ni magdalenas ni pasteles...?

Me interrumpió en tono triste:

—En mi planeta se come fatal, para qué nos vamos a engañar. Mucho platillo volante, mucho robot, mucho misil atómico, pero de comida, cero.

—Pues el chocolate está buenísimo. Pruébalo, Kerim.

Le pegó un mordisco, se quedó pensando muy serio y después enseñó su deslumbrante sonrisa.

—¡Maravilloso! ¡Excelente! ¡Admirable! ¡Portentoso!

Hablaba tan bien como los que anuncian cosas por la radio.

Luego dijo, señalando el minúsculo trocito que quedaba:

—¿Me lo puedo llevar para luego, Miguel?

—Cómetelo ahora si quieres —contesté—. Te daré más para llevarte.

Saqué del cajón de la mesilla las otras dos tabletas que me había regalado Olga y se las di. Volvió a sonreír. Sus dientes despedían chispas, que relumbraban en la oscuridad del cuarto.

Al verlo de tan buen humor, dije:

—¿Crees que encontraré unas gafas como las tuyas en la tienda?

—No sé cómo andaréis aquí en cuestiones de tecnología, pero es igual.

«Tecnología»: otra palabra para preguntarle al profe.

—¿Igual?

—Sí. Yo me encargo de que tus gafas tengan el mismo poder.

—¿Aunque no sean tan grandes, ni tengan lucecitas alrededor, ni una rendija de un lado a otro?

—Aunque sean de lo más corriente.

—¿Y cómo lo harás?

Alisó con una mano las plumas del casco, que el viento había revuelto bastante.

—No te lo puedo decir. Es un secreto de otras galaxias. Lo único que puedo decirte es que tú notarás ese poder en cuanto te las pongas. Y los demás, también.

—¿De veras?

Yo estaba casi afónico de la impresión.

—Sí.

—¿Y ya no hablaré como un grillo atragantado cuando me ponga nervioso?

—¡Nunca jamás! ¡Palabra de Kerim el Invencible!

Se merecía algo más que el chocolate. Fui a la cómoda en busca de un álbum de cromos y de una armónica, que era lo mejor que tenía.

Kerim seguía diciendo:

—Si usas bien tus poderes, harás morder el polvo a tus enemigos. Y recuerda siempre: ¡el criminal nunca gana!

En el cajón encontré también un paquete de chicles para regalarle a Kerim; pero al volverme hacia él ya no estaba. Había desaparecido.

No quise perder tiempo tratando de adivinar lo que podía haber pasado. Era urgente borrar las gafas que le había pintado a Nartuk. Menos mal que lo había hecho con lápiz.

Me sentí más tranquilo cuando apareció de nuevo el ojo redondo, como de gallina, en medio de su frente, y las cejas tipo cepillo.

Ya no había peligro de que usara para hacer daño los poderes de las gafas maravillosas.

Entonces miré un poco a la derecha, donde estaba el retrato de Kerim. Donde había estado, mejor dicho, porque también de allí había desaparecido. Sólo quedaba su silueta, como si alguien hubiera recortado cuidadosamente el papel del periódico.

Volví a la cama preguntándome si el empacho, además de haberme revuelto el estómago, podría haberme atacado al coco.

5 El misterioso poder

A LA óptica también me llevó mi madre. Los padres casi nunca tienen tiempo para estas cosas.

Era la primera vez que iba a una tienda de ésas. No son nada divertidas. Gafas por todas partes. Fotografías de chicas y muchachos, todos con gafas. Y sonriendo, como si llevar gafas fuera para troncharse.

Una señorita muy amable me hizo sentar junto a una mesa, donde amontonó monturas de distinto tamaño, forma y color.

Mientras me las iba probando, mamá miraba disimuladamente el cartoncito que colgaba de cada montura, para ver el precio. Si era cara, decía:

—Ésta no, que no le favorece.

A mí me parecía que todas me quedaban igual de horribles, las caras y las baratas.

Si por lo menos encontrara unas iguales a las de Kerim...

Fue inútil que me fijara en todas las que había en las vitrinas y en las que llevaban los de las fotos. Ninguna tenía lucecitas que se encendían y se apagaban ni rendija que dejase pasar un poderoso rayo.

Me quedé con unas cuadradas y negras como las que usa Antonio, el profesor.

Mamá protestó:

—No, que son de persona mayor.

Pero yo me puse firme y dije que, o llevaba ésas, o me quedaba corto de vista para los restos.

Por suerte, esa montura no era de las caras y mamá se conformó. Después, antes de ir a casa, me invitó a merendar en una cafetería.

Yo estaba tan amargado que no tenía ganas de nada. Por no despreciarla, sólo pedí un helado de tres gustos, tortitas con nata y un batido de vainilla. Ella tomó un café con leche.

Mamá me contó que no se sabe quién inventó las gafas; pero que cuando Marco Polo fue a China, hace la tira de años, vio que allí ya las usaban.

Por cierto que ese Marco Polo debió de ser un tío estupendo. También se trajo de China los espaguetis.

No pude dormir pensando que al día siguiente tenía que ir al colegio con las gafas puestas.

Daba vueltas en la cabeza, una y otra vez, a las palabras de Kerim. ¿Podría esperar, de veras, que tuvieran un poder especial? ¿Y qué poder? No lo había explicado en detalle. Sólo había dicho que haría morder el polvo a mis enemigos.

Esa idea me animaba; pero enseguida otra me hacía sentir muy desgraciado: que Kerim, su aparición, sus promesas y hasta su fantástica voz sólo fueran el resultado de tantos dulces como había comido en el cumpleaños. Sobre todo, de la tarta de yema, que estaba para morirse, nunca mejor dicho.

Mamá entró por la mañana diciendo alegremente:

—¡Arriba, que ya es hora!

No sé de qué se alegraba. Yo me sentía como si me despertaran para llevarme a la guillotina.

Y añadió:

—No tardes, que se enfría el desayuno.

Adán, que parece que entiende, movió el rabo al oír la palabra «desayuno» y se fue con ella.

Yo tenía que hacer algo para retrasar el momento fatal. Aunque fuera un solo día.

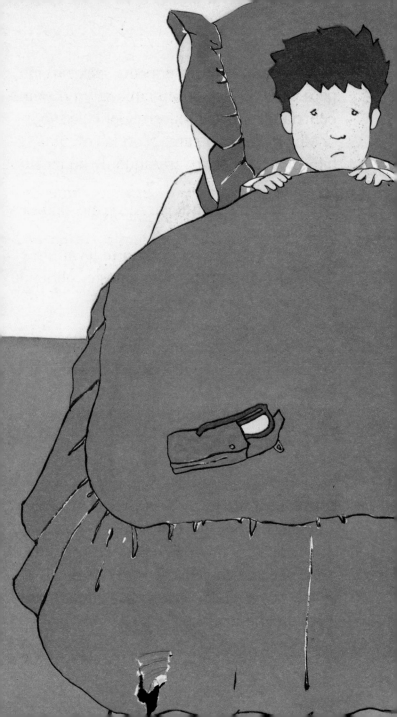

Reconozco que no era una idea original, pero como el tiempo apremiaba y no se me ocurría otra, decidí hacerme el enfermo.

Me quedé en la cama, con las mantas subidas hasta la nariz, tratando de poner una cara que diera pena.

Mamá entró de nuevo. Al verme, dijo sorprendida:

—Pero ¿qué haces que no te levantas?

—Hummmmmm.... —contesté, abriendo apenas los ojos.

—Si no te explicas mejor...

—Hmmm... Me... me duele... la tripa.

—Eso fue el otro día, pero vomitaste y se te pasó.

Yo no estaba dispuesto a aflojar.

—Se me pasó ese día, pero ahora me ha vuelto.

Mamá me puso una mano en la frente y con la otra me tomó el pulso.

—Pues fiebre no tienes.

Mamá sabe muchas cosas; pero tampoco tiene por qué dárselas de saber de medicina. A ver si no puedo tener una grave enfermedad sin que ella se entere. ¿O no?

Pero en ese momento no podía decirle lo que estaba pensando. Me conformé con quejarme.

—¡Ay!... ¡Ay!...

—La tripa, ¿no?

—Sí... Y también la cabeza, la garganta, el pie y este oído —dije, señalándome el derecho.

Ella se mostró más preocupada que antes.

—¡Ah! Entonces no hay más remedio que llamar al doctor Inchausti.

Echó a andar hacia el teléfono.

—¡No! —grité con todas mis fuerzas.

El doctor Inchausti es uno de esos médicos que pinchan y aplastan la lengua con una cuchara.

Mamá me miró con ganas de reírse.

—¡Qué bien! Parece que has mejorado de repente.

Metí la pata, tengo que reconocerlo. Ya no le haría tragar ninguna otra trola.

—Date prisa —dijo, y se fue a la cocina.

Me levanté a rastras pensando qué podría hacer que diera mejor resultado. Y se me ocurrió esconder las gafas. Tampoco era un invento como el de la electricidad, pero, de momento, serviría.

Afortunadamente, *Adán* seguía en la cocina, tratando de pescar algo.

Cogí la funda color granate que me dieron en la tienda, donde estaban las gafas, y la metí debajo de la cama.

No era un lugar seguro. A lo mejor a mamá le daba por barrer justo ahí; pero era tarde para buscar un escondite mejor.

El colegio está cerca y hace tiempo que voy solo. Terminé de mala gana el desayuno, le di un beso a mamá y fui hacia la puerta.

—¿Te sientes bien? —me preguntó.

—Regular.

—¿Ya no te duele el oído?

—Ahora el dolor me llega hasta aquí abajo —contesté, señalándome la mandíbula izquierda.

—¡Vaya! Yo creía que te dolía el del otro lado —dijo ella haciendo una fastidiosa demostración de memoria. Tenía razón. Antes me había señalado el oído derecho.

—Es que estos dolores van de un lado para

otro, según les da —contesté improvisando una explicación que no pareció dejarla satisfecha.

Volvió a preguntar:

—¿Y las gafas?

—Aquí, en la cartera.

—¿Por qué no te las pones?

—Cuando llegue al colegio.

Quiso decir algo, pero sólo me dio un beso.

El tiempo era bueno. No hacía frío, brillaba el sol y no se veía ni una nube. Me daba igual. Para mí, como si el cielo estuviera negro y cayeran chuzos de punta.

Al pasar frente a la mercería, vi a la dueña que abría la puerta.

—¿Qué? —me dijo—. ¿Le gustó el anillo a tu abuela?

Eso faltaba: que me recordase lo del dedo verde.

Casi le pregunto si el oro era bueno de verdad o sólo regular; pero para qué. Ya me estaba acostumbrando a que todo me saliera mal.

Cerca del colegio me encontré con Antonio.

—Hola —dijo—. Hoy es el santo de la directora, ¿sabes? Le vamos a dar el dibujo.

—No le va a gustar —contesté totalmente convencido.

Desde el final de la calle venía *Adán* corriendo a toda mecha. Frenó justo a mi lado.

—¿Es tu perro? —me preguntó Antonio.

—Sí.

—Parece que trae una cosa.

Era la funda color granate que yo había escondido, agujereada por sus colmillos y llena de babas.

Cuando la cogí, se puso a dar saltos y a mover el rabo como si esperara una felicitación. Creía haber hecho una gracia, encima.

—Son mis gafas —dije—. Se me... se me habían olvidado en casa.

Un profesor de séptimo saludó a Antonio y los dos entraron charlando en el colegio.

Yo no tenía ninguna prisa. Saqué las gafas de la funda y las limpié con un trapito amarillo que había dentro. Igual que el que usaba el profe.

Luego me las puse. La verdad es que lo

veía todo mejor y más bonito; pero presentarme así delante de mis compañeros no sería tan bonito, ni mucho menos.

La funda se me cayó al suelo. Al recogerla, vi algo que me dejó frío: una pluma.

Me hizo tanta impresión porque no era una pluma cualquiera. ¡Era blanca y rizada, igualita a las del casco de Kerim!

Si estaba allí, no era por casualidad: estaba para recordarme su promesa. Había dicho bien claro que en cuanto me pusiera las gafas notaría su poder. Y los demás, también.

Pensando en eso, me sentí como si hubiera crecido un palmo de repente.

Mientras Adán volvía a casa con la satisfacción del deber cumplido, entré en el colegio. Cada uno de mis pasos golpeaba el suelo con una fuerza desconocida: «bum, bum, bum...». Como si llevara botas de hierro en vez de zapatillas de lona.

En el patio me tropecé con Luis. Nunca me había parecido más igual a Nartuk.

Al verme, se echó a reír y a gritar:

—¡Gafitas! ¡Gafitas! ¡Gafitas!

Unos compañeros gritaron con él:

—¡Gafitas! ¡Gafitas! ¡Gafitas!

No me corté ni un pelo. Pisando fuerte y sin quitarles la vista de encima, dije:

—¿Pasa algo?

El primer sorprendido fui yo. Ma había salido una voz que no tenía nada que ver con la de un grillo acatarrado o atragantado. Una voz que seguramente se oyó en la otra punta del patio.

No necesité hacer nada más para que los muchachos se achantaran y se fuesen cada uno por su lado. Mejor para ellos, porque lo mismo les hago morder el polvo, como dijo Kerim.

A partir de entonces, las cosas me fueron muy bien. La directora afirmó que nadie había sacado a *Caruso* tan guapo en un retrato como yo. Los chicos me dejaron jugar al fútbol y, al comprobar que corro más que nadie, me nombraron capitán del equipo. A Luis lo tenemos para llevar el botijo.

Marta también ha cambiado. Al verme con las gafas, se quedó boquiabierta y al final suspiró:

—Ahora pareces un poeta... Llevaré siempre el anillo, aunque me ponga el dedo verde.

Yo también la miré como si la viera por primera vez. Y con más motivo.

Gracias a las gafas me di cuenta de que no es tan guapa como creía. El pelo lo tiene color zanahoria; los ojos, color ojo; las pecas, grandes como lentejas; y no tiene tantas pestañas. Más o menos, como todo el mundo. Pero bueno, es una chica bastante maja. Cualquier día le escribo unos versos.

(Ahora, como pasó lo que pasó, soy así. Igual que antes, porque todavía no me ha dado tiempo para crecer; pero con gafas.)

Índice